熊熊畢勇
的大世界

熊熊畢勇的大世界

文／圖 戴芬妮·佩黑 DELPHINE PERRET　譯 陳太乙

步步出版

甦醒

畢勇是一隻熊。

一隻沉睡了好幾個月，

在春天甦醒的熊。

他的舌頭黏糊糊的，

似乎消瘦了一點。

但經過一番簡單的梳洗之後

就看不出來了。

依照每年的慣例，去檢查
冬眠這段期間的所有變化以前，

畢勇先在他的洞穴前方
來回走幾步，伸伸腳趾頭。

今年，草叢裡
出現一個龜殼。
「日安！」烏龜說。
「日安，」畢勇說：
「好舒服的一覺啊！」

對啊，一覺睡了好幾個月，真舒服。
畢勇知道鼬鼠和烏龜也冬眠，
不過，他不記得曾經見過這隻烏龜。

烏龜講起他在冬眠期間所做的夢。

畢勇一面梳理皮毛，一面聽他說。

他想起，曾有那麼一次，

他睜眼醒來。或許是在一月，

聞起來有霧凇的氣味。

「我們去散步吧！」他說。

大熊熊和小烏龜的腳掌，同步前進。

那是剛甦醒的動物走路的速度。

芳草逐漸染上青綠，微風即將吹送暖意。

烏龜覺得這裡的氣味不一樣。

這裡不是他的家，他只是路過。

從森林邊緣望去，

可以看見某個

以前不存在的東西。

好像是一幢小屋。

畢勇後悔把眼鏡

給忘在家裡了。

他把烏龜抬到頭頂上。

「對，那是一間屋子。」

冬眠這段期間，發生了一些事。

畢勇和烏龜繼續上路。

畢勇撞到一根樹枝，

樹幹顛動，灑下一陣櫻花雨。

小獾來了。他也還沒完全清醒。

再見到他們，

其他好朋友都很高興。

大家跟他們描述第一場雪、

難忘的打雪仗、野兔在冰上滑行那一天、

還有一天，山雀找到一個鳥屋，

裡面放滿了種子和鳥食。

畢勇又敲敲那棵樹。

所有伙伴，每一隻，都淋了一身花雨。

今年夏天櫻桃會結得少一點。

但這件事現在一點也不重要。

電話

畢勇和野兔一起散步時，
聽到一陣細微的雜響。

不是小鳥，
也不是老鼠，但是吱吱叫。

野兔豎起耳朵，那聲音又響了。

在那裡，蕨葉的下方，

一個小盒子。

嗶嗶嗶嗶。

畢勇伸出柔軟的大爪掌撿起它。

野兔想看個究竟。它會發光！

還會震動，還從畢勇的掌心掉了出來。

「這是電話。」

在樹梢上觀看的喜鵲說。

野兔希望

讓它再次發亮。

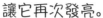

他在每個按鍵上亂敲。行得通耶！

它亮了，甚至還講起話來。

「馬爾祖醫生診所，請問有何貴幹？」

「哇！」野兔驚呼。

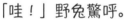

「喂喂？我聽不清楚！」

「我聽不清楚！我聽不清楚！」野兔學它說。

「喂？您的耳朵有問題嗎？」

「沒有，還好，我的耳朵很乾淨，

冬天的毛全都被我拔光了。」

只聽「咔嚓」一聲，然後就什麼都沒有了。

小鼬在旁邊看到這一幕，

也想試試看。

他在按鍵上亂敲一通。

「哈囉，快送披薩，您好！」小盒子說。

披薩，嘿，這讓畢勇想起
一件值得回味的記憶。

「哈囉，這裡是快送披薩。請告訴我
您想訂幾個以及各要什麼口味。」

哦？竟然有好幾種口味？
大家都覺得不可思議。

「我們有番茄、火腿乾酪、蘑菇、
起司和鰻魚。」

蘑菇，這個畢勇可熟了。
「蘑菇口味」，他咕嚕一聲，愣愣出神。

「番茄口味！」野兔大喊。

小鼬想吃鰻魚。小獾問什麼是披薩？

情況變得複雜起來，

大家七嘴八舌的搶著說話。

「喂？喂？請講清楚一點。訂單上現在有

鰻魚、蘑菇、番茄和……」

嗶。

螢幕上出現一個電池的圖案。

小盒子的亮光滅了，大家都閉上了嘴。

他們按來按去，什麼也沒有。

於是野兔說：

「其實，山丘上那棵大李樹，

樹上的李子都熟了！」

大家立刻忘了那支電話，

奔向又甜又多汁的李子。

等著他們的會是多棒的一頓大餐！

野餐

有時候，晚上天氣好，
大家便聚在森林裡講故事。

今天晚上，狐狸講的是，
人類在夏天做什麼：
他們走出家門去外面吃東西，
坐在一張毯子上。

 人類把這件事稱為
野餐。

小獾聽不太懂，

但覺得三明治

是個非常好的主意。

大家決定，明天

來場野餐應該很不錯。

問題是要找到地方。

所謂野餐，就是要走出家門。

但在這裡，森林之中，到處都是他們的家。

野兔想到，在離開空地時

他曾看到一棟小房子。

那是一間小木屋，
偶爾可看到有人類
到屋子裡短暫停留。

只要知道什麼時候
沒有人就行了。

喜鵲負責去偵察。
至少兩個小時的路程內沒有人跡。
大家分配隔天的工作，然後
早早去睡。

到了早上，樹林裡的小居民們興奮得不得了。

大家準備好三明治、牌戲、榛果，

及其他可以又啃又咬的美味點心。

他們一起上路。小獾從來沒去過

那麼遠的地方。小鼬忍不住

在柔軟的草叢裡打滾。

畢勇閉上雙眼，

他覺得

春天真好聞。

到了。木板搭建的小屋，陽光從一扇大窗戶照進來，
還有一張大桌子和兩張長板凳。

真是太好玩了！大伙兒各自坐好。

大口咬下三明治，

欣賞放在桌子中央的燭台。

他們學到，當板凳的另一端

只剩別人獨自坐著的時候，

不能突然站起來。

大家都覺得框在木頭窗格裡的
山谷很漂亮；都認為有張桌子
用來玩牌剛剛好。

夕陽西沉，大家把長板凳搬到窗戶前，
以便欣賞風景。
他們打開玻璃窗，享受陣陣涼風。
這次野餐，真是一場美妙的小旅行。

邀請

畢勇有一個特別的朋友。

不是狐狸,

不是水獺,

也不是鼬鼠。

但她也有兩排小牙齒,

偶爾可用來叫人聽話。

她的名字是哈夢娜，

住在大城裡。她邀畢勇今天

一起去游泳池。

畢勇不知道該怎麼想。

他很喜歡哈夢娜，但對人類的世界認識很少。

去游泳池

要帶什麼呢？

勇氣，他心想。

畢勇邁開大步，

一路走到城裡。

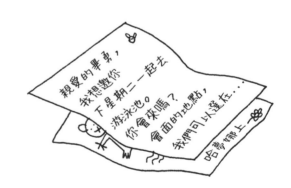

親愛的畢勇，
我想邀你
下星期二一起去
游泳池。
你會來嗎？
會面的地點，
我們可以選在...
哈夢娜上

哈夢娜在大鐘下等他，遵守了約定。

他聞到她甜甜香香的洗髮精和草莓口味的牙膏。

畢勇本來以為只會看到巨大的石頭高樓

以及裡面規規矩矩的人們。

現在卻驚訝的看到一頂飛上天空的帽子，

兩種稀奇另類的髮型，一架被拉升到四樓的鋼琴和一家蛋糕店。

游泳池好雄偉，裡面熱得跟夏天一樣。

哈夢娜買了兩張票。

售票處的女士不知道該不該讓一隻熊進去。

是這樣的，比方說，貓和狗都禁止進入。

但是熊呢？這就不知道了。

她仔細閱讀規定，上面並沒有寫清楚。

在售票女士查閱厚厚的游泳池規章時，
畢勇透過大片玻璃窗
觀看池子裡游泳的每個人。

真有趣。
感覺好像一大鍋湯裡
浮著許多小蘑菇。
畢勇很喜歡看他們游，
但想到要像他們那樣游，
就覺得不太自在。

「啊，」女士說：
「規定要戴泳帽！」

畢勇沒有泳帽，不能進去。
哈夢娜看起來很生氣。畢勇倒是鬆了一口氣。
他提議留在外面透過玻璃窗看看就好。

「我們來喝熱可可吧？」
兩人圍著一張桌子坐下，一面觀賞：
紅色泳衣，藍色泳衣，花色泳衣；
一列列的泳客，從高台跳水的人們。

可可熱呼呼又甜滋滋。畢勇喝了四杯，
還配了一塊塑膠包裝的小鬆餅。
最後，他們又拆開瑪德蓮小蛋糕，
那是哈夢娜帶來的點心。

回家的路上，畢勇心想：
游泳池，真是不同凡響。

四十三路巴士

今天早上，所有動物都興奮躁動。
早就規劃很久了，
今天早上，大伙兒要去搭公車。

小鼬把皮毛理得又滑又順，

野兔一路說個沒完，

小獾呢？他還拿不定主意要不要去。

八點零七分，公車站旁，

一小群動物屏氣凝神，看著四十三路公車進站。

一陣機械聲響，車門開了。

他們一個個羞怯的上車。給了票之後，大家就自在多了。

野兔試了好幾個位子，小獾選了司機旁邊的單人座，

小鼬則坐在司機後面。

畢勇呢？

他決定坐第十四號座椅；

沒有東西可以放進

椅背的籃網，

他覺得很可惜。

不過，很快的，大家都換了位子。

因為小獾發現一名自行車手。

他們為爬坡的單車騎士加油打氣，

一直跟到車尾的玻璃窗，

盡情呼喊之後才回到座位上。

公車接近一座小村莊。

每隻動物都津津有味的看到了噴泉、撞上電線桿的郵差、

車庫前的老爺爺、還有正在修理排水溝的水管工人。

這個季節天氣還很涼，
巴士結了一層厚厚的
霧氣。

松鼠第一個想到
在玻璃窗上
畫圖。

大家都想試試看，紛紛欣賞鄰座朋友畫的圖。

後來變成了比賽，一發不可收拾：

玻璃窗上佈滿爪印，

為了找到一小塊完整結霧的地方，他們到處亂跑，

叫喊，大笑，胡搞亂搞。

巴士停了，一位客人上車。

全場安靜下來，大家都很乖。

野兔撓撓耳朵，

小獾欣賞田野中隨風搖曳的麥浪。

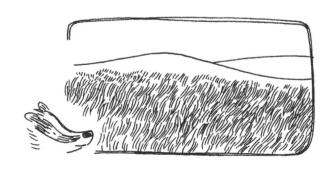

三站之後，客人下車了，

狐狸發現有些窗戶可以打開。

於是大伙兒都把頭伸出去，舒服的讓風梳理皮毛。

他們瞇著眼，呼吸青青牧草的芬芳。

終點站到了。巴士調頭折返，
大家都已經睡著。

回到了「大森林」站，司機踩下煞車。
一隻鼬鼠，一隻獾，一隻狐狸，
一隻松鼠，一隻野兔和一隻熊下車，
還有點迷迷糊糊但個個興高采烈。

他們隱入濃密的葉叢，
四十三路巴士又繼續上路。

信

今天的信箱裡有
三片枯葉、一根狐狸的毛和
一個小信封。

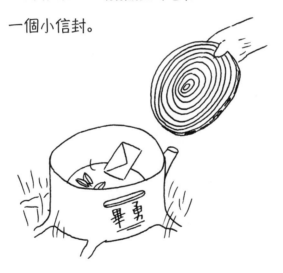

山雀注意到了：信上的字跡很工整。

畢勇納悶誰會寄這樣一封信給他，
還把他的名字寫得這麼端正。

野兔也很好奇；他剛好路過，
而且喜歡凡事摻一腳。

畢勇伸出爪子，沿著紙張的折痕，
小心翼翼的打開。
那是一張用照片做成的卡片，
還有幾頁寫了字的紙。

「親愛的畢勇，依照約定，我寄來了一張明信片。」
一開頭就很精采。

畢勇決定
找個舒服的地方讀信。
他選中一片青苔地，
坐了下來。

在陽光照耀石頭的地方,

今天早上,小獾剛好也在那裡休息。

卡片上有一些不知名的樹,

有岩石和水,很多很多水;還有幾艘船。

小鼬興致來了,

想把畫面看得更仔細。

畢勇從容不迫的舒了一口氣，緩緩攤開第一張信紙。

樹木迎風擺動，沙沙作響。

狐狸也想聽聽信的內容，默不作聲。

畢勇讀信。原來是烏龜。現在他想起來了：

烏龜曾答應要從某個地方寫信給他，

遙遠的地方，他鄉。

遇見一隻旅行的烏龜可不是每天都會發生的事。

烏龜描述離開森林之後的路程。

季節如何緩緩變化，

空氣中如何瀰漫歐石楠的花香。

畢勇閉上眼睛，

不慌不忙，好好的想像了一下信中寫的畫面。

大家都屏氣凝神。

松鼠也停下搔耳朵的動作。

烏龜描述了好多事情：

有城市和草原、

乾柴的香味、還有沙粒和星星。

貓頭鷹專心傾聽，他認識每顆星星。

信結束了。

要是能再讀一次的話就太好了。

每隻動物都注視前方好一會兒。

遼闊的天空一覽無遺。

畢勇心想：

擁有幾位不在身邊的朋友也很棒。

目錄

國家圖書館出版品預行編目（CIP）資料

熊熊最勇的大世界 / 戴芬妮・佩黑 文・圖；陳太乙譯. -- 初版. --
新北市：步步出版：遠足文化發行, 2019.01
62面 ;15×21公分
譯自：BJORN ET LE VASTE MONDE
ISBN 978-957-93802-4-9 (精裝)

876.59 107021957

熊熊畢勇的大世界

文／圖　戴芬妮·佩黑　(DELPHINE PERRET)
譯　陳太乙
美術設計　陳俐君

編輯總監　高明美
總編輯　陳佳聖
副總編輯　周彥彤
行銷經理　何聖理
印務經理　黃禮賢

社長　郭重興
發行人暨出版總監　曾大福
出版　步步出版 Pace Books
發行　遠足文化事業股份有限公司
地址　231新北市新店區民權路108-2號9樓
電話　02-2218-1417
傳真　02-8667-2166
Email　service@bookrep.com.tw
客服專線　0800-221-029
法律顧問　華洋國際專利商標事務所 蘇文生律師
印刷　凱林彩印股份有限公司
初版　2019年1月
定價　320元
書號　1BSI1041
ISBN　978-957-93802-4-9